Look How Lovely!
¡Mira qué lindo!

MARTI SKARUPA

ISBN: 1480087378
ISBN 13: 9781480087378
Library of Congress Control Number: 2012919291
CreateSpace Independent Publishing Platform
North Charleston, South Carolina

To the memory of my mother, Virginia, who saw beauty in everything around her, and to my beautiful grandson, Jackson, whose joys at all of nature's surprises rekindled my own joy in nature's beauty.

A special thanks to my loving husband, Joe, for his support and encouragement throughout this project.

Look How Lovely!

A grandfather and a grandmother had a little grandchild. Often they would hold his hands and take him on long walks. And while they walked, they would always talk to him about his beautiful surroundings.

This is the story of all that the grandparents and the little grandchild saw and did on one of those lovely walks on a most beautiful day.

¡Mira qué lindo!

Unos abuelitos tenían un nietecito. A menudo lo cogían de mano y daban largos paseos. Y mientras caminaban, ellos siempre le hablaban de lo bello que eran sus alrededores.

Éste es el cuento de todo lo que los abuelitos y su nietecito vieron e hicieron durante uno de esos lindos paseos por un maravilloso día.

It began one afternoon as the grandfather, the grandmother, and the boy walked to a nearby slope where an old and giant tree stood. The grandfather said:

> Look how lovely the tree is!
> So big, so tall,
> Its branches are like strong arms
> Against the blue sky.

The boy looked and wrapped his arms around the mighty tree, so wide his fingers would not touch.

Empezó una tarde cuando el abuelito y la abuelita y el niño caminaban a una colina cercana donde había un árbol viejo y gigante. El abuelito dijo:

¡Mira qué lindo es el árbol!
Tan grande, tan alto,
Sus ramas son como brazos fuertes
Sobre el cielo azul.

El niño miró y abrazó el tronco enorme, tan ancho, que sus dedos no se alcanzaban.

The grandmother pointed above
the boy's head and said:

Look how lovely the squirrel is!
Bushy tailed,
He scurries up the tree
And hides behind the leaves.

The boy looked and laughed to
see the squirrel's cheeks bulging
with nuts and seeds.

La abuelita señaló más allá de la cabeza del niño y dijo:

¡Mira qué linda es la ardilla!
Con cola de mata,
Disparada sube el árbol
Y se esconde detrás de las hojas.

El niño miró y se rió al ver los
carrillos de la ardilla abultados
con nueces y semillas.

They continued their walk. After a while the boy ran to a bed of grass where he lay looking up at the sky. The grandfather did the same and said:

Look how lovely the clouds are!
Big and white,
They're cotton sailboats in the sky
That sail to magic places.

The boy looked, closed his eyes, and imagined himself as the captain of one of the fluffy sailboats traveling to distant lands.

Siguieron su camino. Después de un rato el niño corrió hacia un campo donde se acostó mirando para el cielo. El abuelito hizo lo mismo y dijo:

¡Mira qué lindas son las nubes!
Grandes y blancas,
Son veleros de algodón en los cielos
Que vuelan a lugares mágicos.

El niño miró, cerró los ojos e imaginó que era el capitán de uno de los veleros aborregados viajando a partes lejanas.

They continued their walk. When a brief summer shower fell, the boy pointed to the wet spots on his clothes. The grandfather laughed and said:

> Look how lovely the rain is!
> It refreshes us all
> And quenches the earth's thirst,
> Leaving puddles for us to splash.

The boy looked, and in the nearest puddle he saw, began to splash with joy.

Siguieron su camino. Cuando una breve lluvia veraniega cayó, el niño señaló a las manchas de agua en su ropa. El abuelito se rió y dijo:

¡Mira qué linda es la lluvia!
Nos refresca a todos
Y apaga la sed de la tierra
Dejándonos charcos para salpicar.

El niño miró y en el charco más cerca que vio, empezó a salpicar con alegría.

Soon the gray clouds parted, and they continued their walk. After awhile the boy excitedly pointed to the sky. The grandmother said:

Look how lovely the rainbow is!
It paints the sky
And brings us hope
That we may play for hours more.

The boy looked, saw the colors bending across the sky, and with great delight said, "blue, yellow, red, orange, violet, and green!"

Pronto las nubes oscuras apartaron. Siguieron su camino. Después de un rato el niño emocionadamente señaló al cielo. La abuelita dijo:

¡Mira qué lindo es el arco iris!
Pinta los cielos
Y nos trae esperanzas
Que podamos jugar por horas más.

El niño miró, vio los colores curvando a través del cielo y con gran delicia dijo:—¡azul, amarillo, rojo, anaranjado, violeta y verde!

They continued their walk. Again the boy pointed to the sky. The grandfather nodded and said:

Look how lovely the bird is!
He spreads his wings,
And glides across the sky,
A worm in his beak for his chicks.

The boy looked and said, “I wish I could fly and follow the bird to his nest and see the chicks eat the worm.”

Siguieron su camino. Otra vez el niño señaló al cielo. El abuelito inclinó la cabeza y dijo:

¡Mira qué lindo es el pájaro!
Extiende las alas,
Planea y atraviesa el cielo,
Un gusano en pico para sus pichoncitos.

El niño miró y dijo:—Quisiera volar y seguir el pájaro a su nido y ver los pichoncitos comerse el gusano.

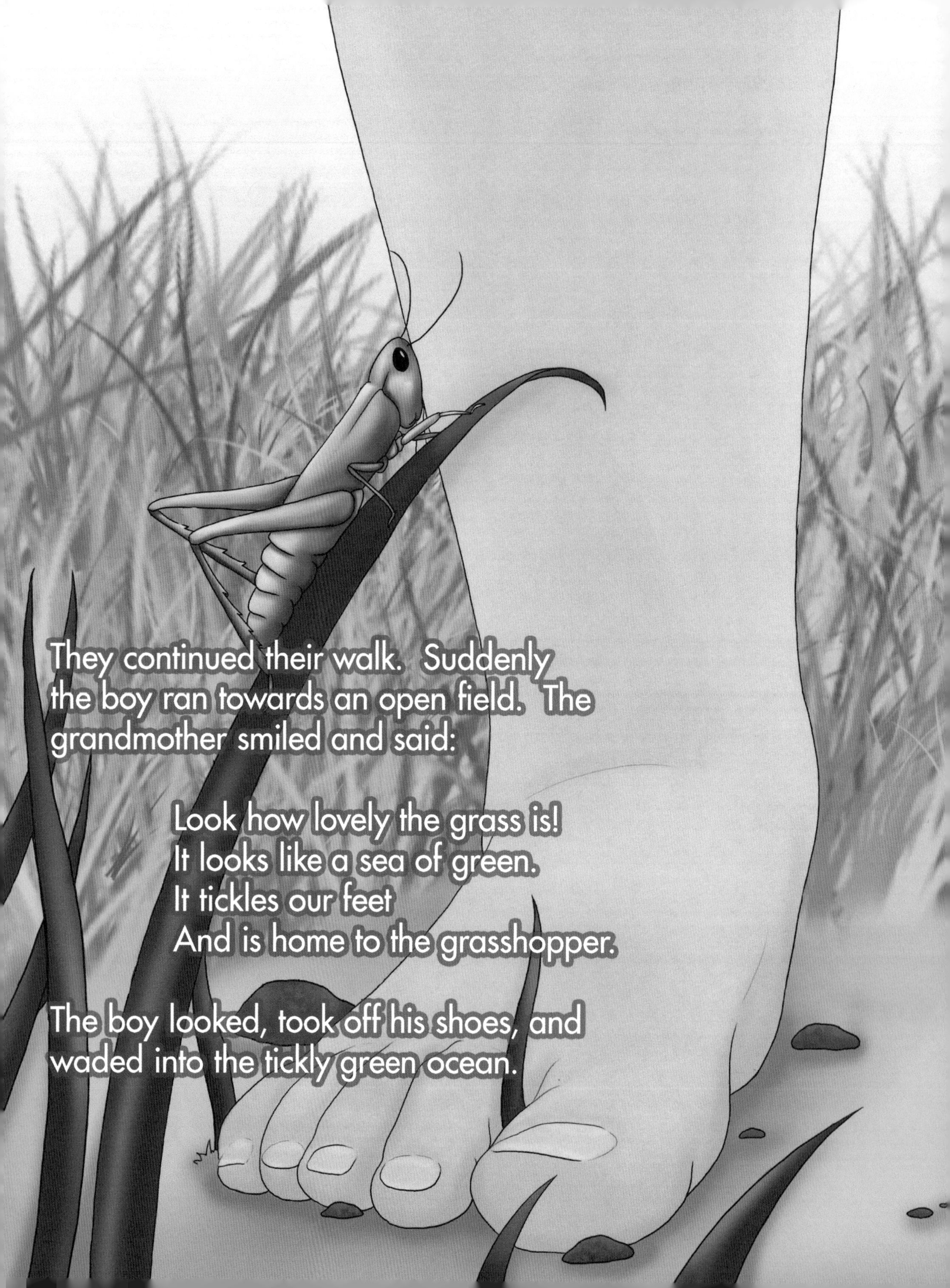

They continued their walk. Suddenly the boy ran towards an open field. The grandmother smiled and said:

> Look how lovely the grass is!
> It looks like a sea of green.
> It tickles our feet
> And is home to the grasshopper.

The boy looked, took off his shoes, and waded into the tickly green ocean.

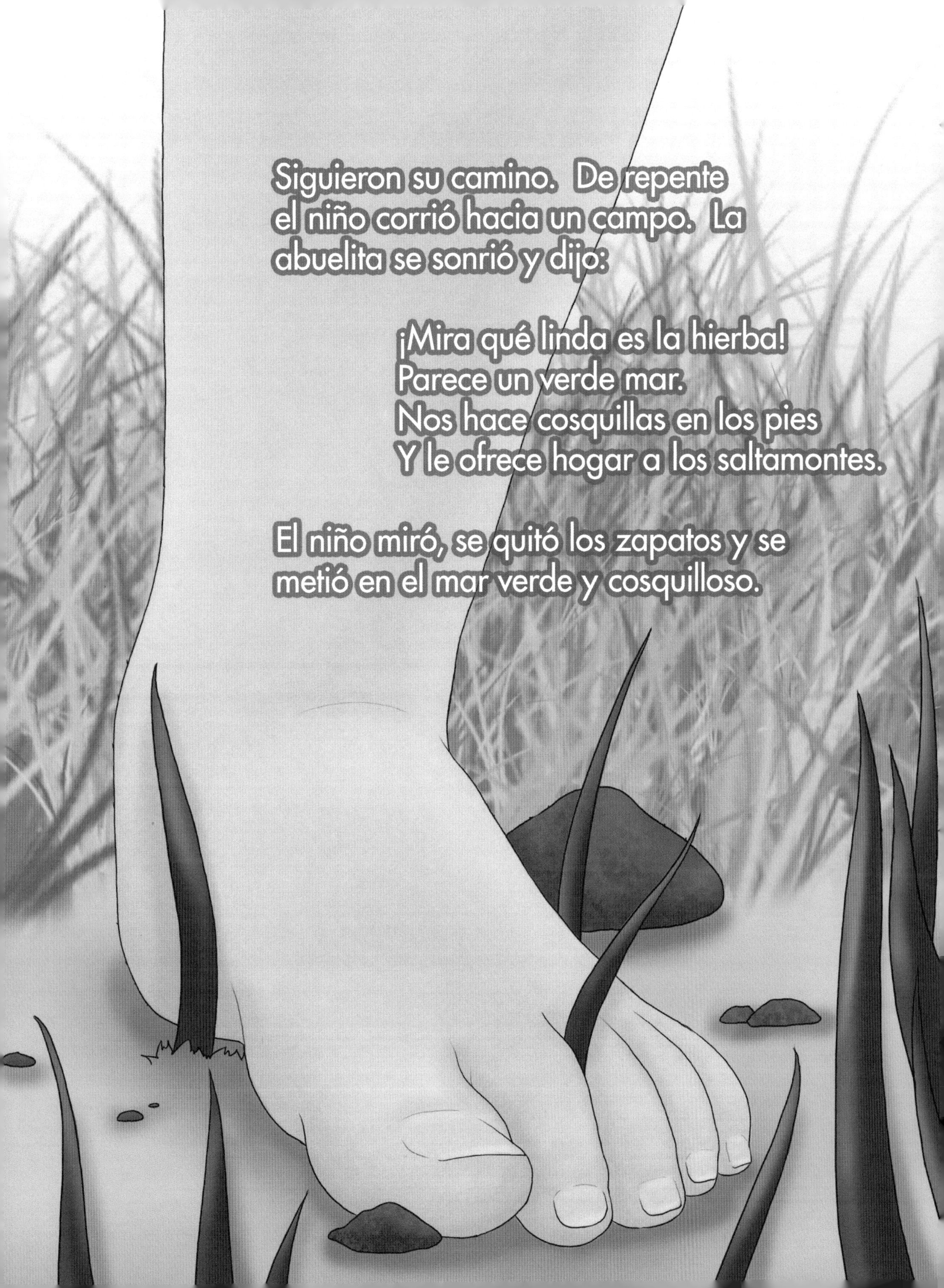

Siguieron su camino. De repente el niño corrió hacia un campo. La abuelita se sonrió y dijo:

¡Mira qué linda es la hierba!
Parece un verde mar.
Nos hace cosquillas en los pies
Y le ofrece hogar a los saltamontes.

El niño miró, se quitó los zapatos y se metió en el mar verde y cosquilloso.

The grandfather, feeling a breeze, said:

Look how lovely the breeze is!
It caresses us,
Whispers,
And brings the scent of distant flowers.

The boy looked at the waving grass and
bowed back to feel the gentle wind.

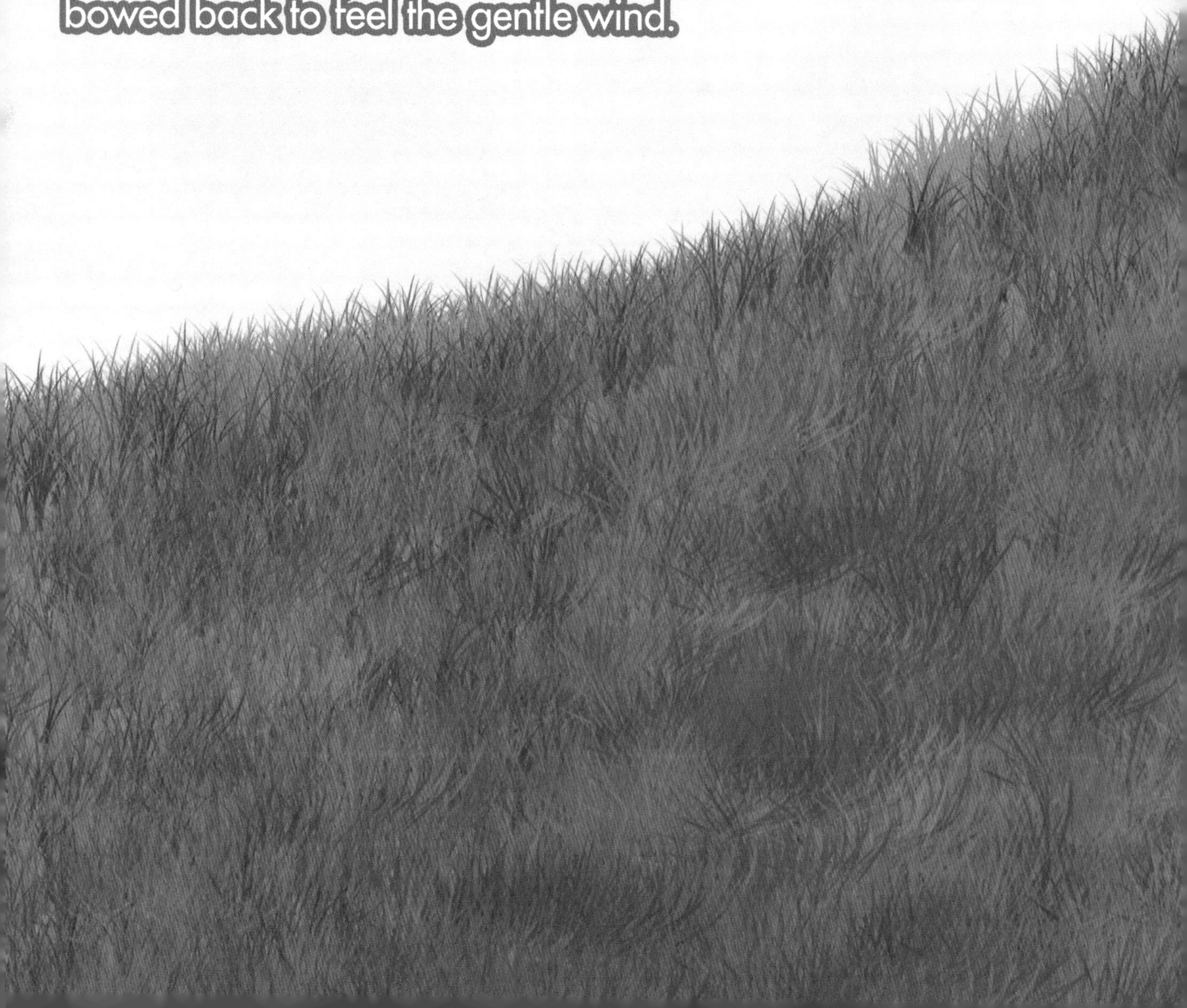

El abuelito, sintiendo una brisa, dijo:

¡Mira qué linda es la brisa!
Nos acaricia,
Susurra,
Y nos trae el perfume de flores lejanas.

El niño miró la hierba ondulante y se inclinó para atrás para sentir la brisa suave.

They continued their walk through the grassy field. Soon they came to a meadow of wildflowers. The grandmother gasped with delight and said:

> Look how lovely the flowers are!
> Each petal so delicate,
> Filled with fragrance,
> Brushed with color delighting the senses.

The boy looked and gathered a handful of flowers for his grandmother.

Siguieron su camino a través del campo. Pronto llegaron a un prado de flores silvestres. La abuelita se quedó boquiabierta con delicia y dijo:

¡Mira qué lindas son las flores!
Cada pétalo tan delicado,
Lleno de fragrancia,
Pintado con color deleitando los sentidos.

El niño miró y recogió un puñado de flores para su abuelita.

They continued their walk through the flowers. The curious boy saw a bee and followed it. The grandfather said:

> Look how lovely the bee is!
> It jumps from flower to flower,
> Its wings buzzing
> A sweet song of honey.

The boy looked at the bee among the golden sunflowers and buzzed his own sweet song.

Siguieron su camino a través de las flores. El niño curioso vio una abeja y la siguió. El abuelito dijo:

¡Mira qué linda es la abeja!
Salta de flor en flor,
Las alitas zumbando
Una dulce canción de miel.

El niño miró a la abeja entre los girasoles dorados y zumbió su propia dulce canción.

They continued their walk among the flowers. The boy ran to a swarm of butterflies that scattered in the air. The grandmother laughed and said:

Look how lovely the butterfly is!
It flutters here and there,
Always beyond reach,
And escapes the child's little hands.

The boy looked and offered the butterflies the palm of his hand as a perch, but they did not come. Instead the butterflies fluttered away.

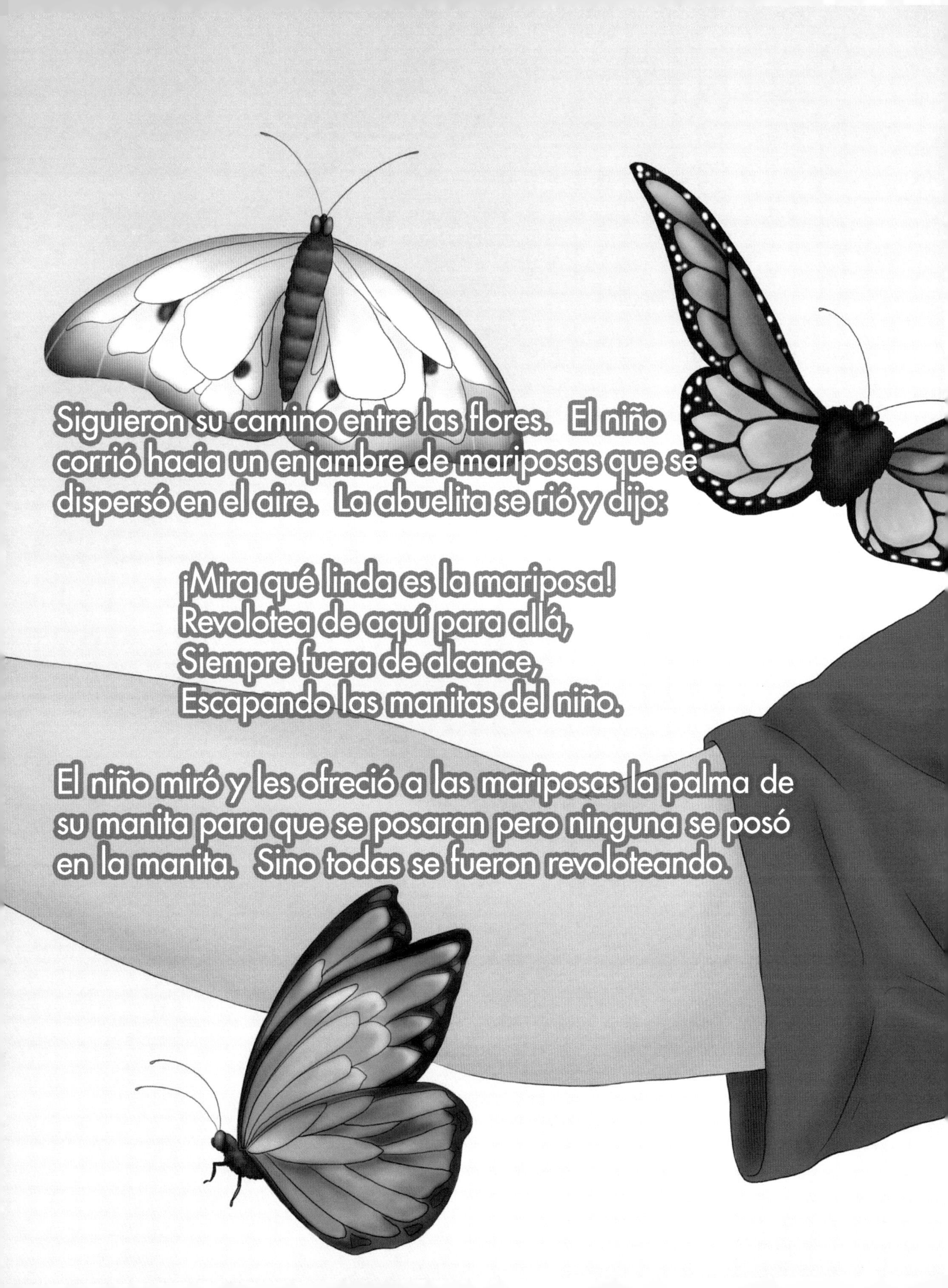

Siguieron su camino entre las flores. El niño corrió hacia un enjambre de mariposas que se dispersó en el aire. La abuelita se rió y dijo:

¡Mira qué linda es la mariposa!
Revolotea de aquí para allá,
Siempre fuera de alcance,
Escapando las manitas del niño.

El niño miró y les ofreció a las mariposas la palma de su manita para que se posaran pero ninguna se posó en la manita. Sino todas se fueron revoloteando.

They continued their walk. Dusk fell. The grandfather said:

Look how lovely the sunset is!
Its colors bathe the sky,
And announce the day is fading.
Tomorrow awaits us.

The boy looked. He knew that soon he would have to return home. And with a sad face waved goodbye to the sun and whispered, "See you tomorrow!"

Siguieron su camino. Llegó el crepúsculo. El abuelito dijo:

¡Mira qué linda es la puesta del sol!
Sus colores bañan el cielo,
Y anuncian la despedida del día.
Mañana nos espera.

El niño miró. Él sabía que pronto iba a tener que regresar a casa. Y con cara triste le dijo al sol adiós con la mano y susurró:—¡Hasta mañana!

They continued their walk. Soon they were home. The boy pointed to his pets on the porch. The grandfather nodded and said:

Look how lovely your cat and your dogs are!
They play one with the other,
Together happy,
Despite their differences.

The boy looked and smiled.

Siguieron su camino y pronto llegaron a casa. El niño señaló a sus animalitos favoritos en el porche. El abuelito inclinó la cabeza y dijo:

¡Mira qué lindos son tus perros y tu gato!
Juegan uno con el otro,
Juntos felices,
A pesar de sus diferencias.

El niño miró y se sonrió.

Up the porch steps they climbed together. And on a porch swing the boy sat happily between his grandparents. Soon night fell. The grandmother looked at the sky and in a hushed voice said:

Look how lovely the stars are!
Faraway lights,
Diamonds in the sky,
They wink us a good night.

The boy looked and winked back at the stars.

Subieron los escalones del porche juntos. Y en un columpio del porche el niño se sentó felizmente con sus abuelitos a cada lado. Pronto anocheció. La abuelita miró al cielo y dijo en voz baja:

¡Mira qué lindas son las estrellas!
Luces lejanas,
Diamantes en el cielo,
Que nos guiñan una buena noche.

El niño miró y le devolvió un guiño a las estrellas.

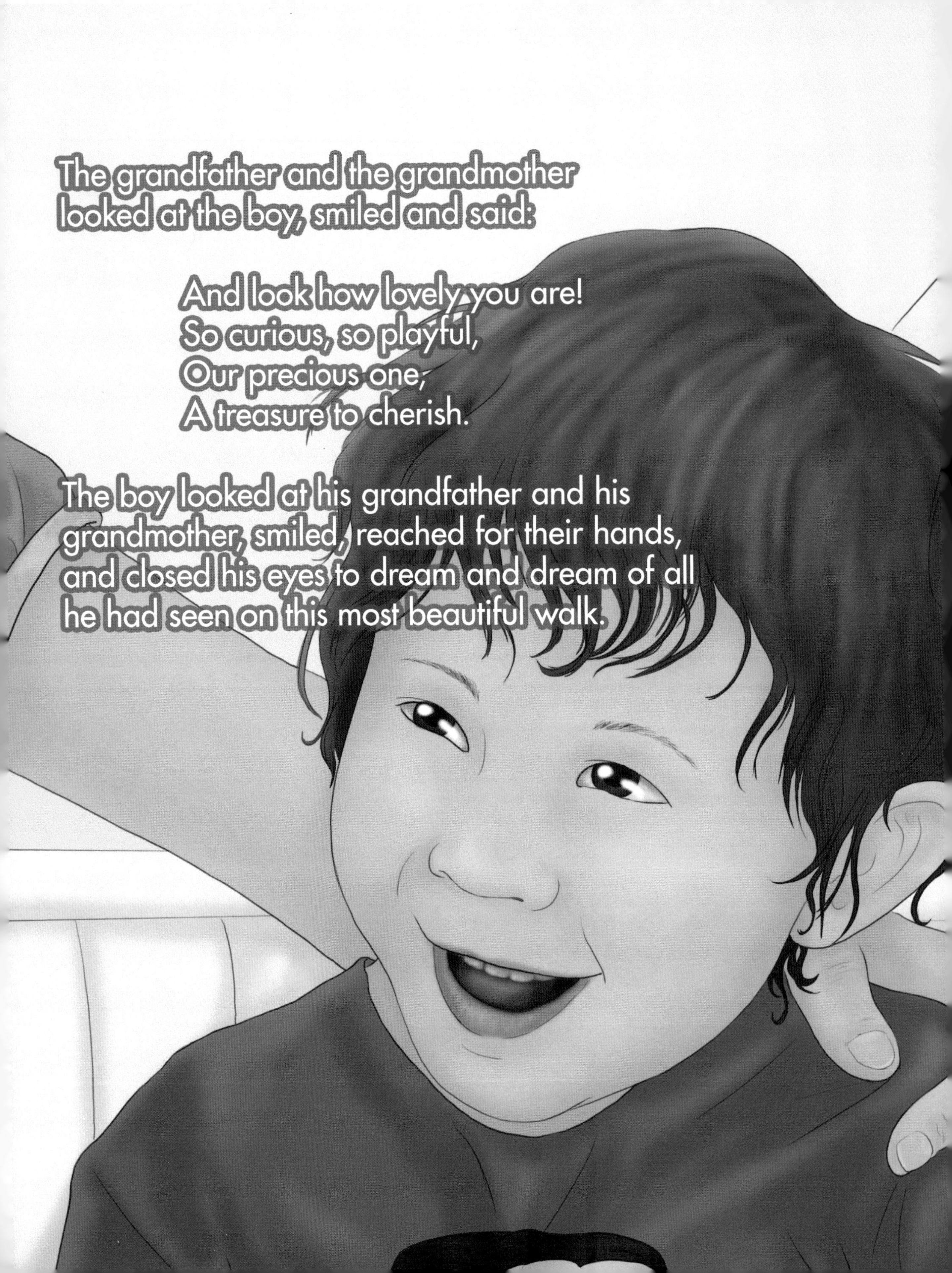

The grandfather and the grandmother
looked at the boy, smiled and said:

> And look how lovely you are!
> So curious, so playful,
> Our precious one,
> A treasure to cherish.

The boy looked at his grandfather and his grandmother, smiled, reached for their hands, and closed his eyes to dream and dream of all he had seen on this most beautiful walk.

El abuelito y la abuelita miraron a su nietecito, se sonrieron y le dijeron:

> Y ¡mira qué lindo eres tú!
> Tan curioso, tan juguetón,
> Luz de mis ojos,
> Un tesoro para amar.

El niño miró a los abuelitos, se sonrió, les cogió las manos y cerró los ojos para soñar y soñar de todo de lo que había visto en este lindísimo paseo.

Made in the USA
Charleston, SC
28 February 2014